첫사랑을 위한
송가 頌歌

첫사랑을 위한 송가

발행일　　2018년 7월 31일

지은이　　이 지 향
펴낸이　　손 형 국
펴낸곳　　(주)북랩
편집인　　선일영　　　　　　　　　　　편집　　오경진, 권혁신, 최예은, 최승헌, 김경무
디자인　　이현수, 김민하, 한수희, 김윤주, 허지혜　　제작　　박기성, 황동현, 구성우, 정성배
마케팅　　김회란, 박진관, 조하라
출판등록　2004. 12. 1(제2012-000051호)
주소　　　서울시 금천구 가산디지털 1로 168, 우림라이온스밸리 B동 B113, 114호
홈페이지　www.book.co.kr
전화번호　(02)2026-5777　　　　　　　　팩스　　(02)2026-5747

ISBN　　979-11-6299-249-4 03810 (종이책)　979-11-6299-250-0 05810 (전자책)

이 도서의 국립중앙도서관 출판예정도서목록(CIP)은 서지정보유통지원시스템 홈페이지(http://seoji.nl.go.kr)와
국가자료공동목록시스템(http://www.nl.go.kr/kolisnet)에서 이용하실 수 있습니다.
(CIP제어번호: CIP2018023236)

이지향 시집

첫사랑을 위한
송가 頌歌

북랩 book Lab

　어느 날 갑자기 대책 없이 내 안으로 찾아와 뭐라고 지껄이는 사념과 상념을 모아 한 권의 시집으로 엮었다. 40일 동안 쓴 70여 편의 글들이다. 그저 담담한 내용이 있는가 하면, 뭔가에 이끌려 정신없이 토해낸 언어들도 있다.

　이름하여 시(詩)의 아포리즘(Aphorism)이다.

　내가 너무 사랑하고 애착이 깊어 놓치지 못한 그들이다.

　부디 그들 속에 떨림이 숨어있기를 바란다.

목차 -

제2부

제3부

제1부

물망초

나를 위한 도피나
그 어떤
회유는 필요 없어.
온전히 그대,
내 목숨이길
바라던 시절이 있었다.

피막처럼
아린 그리움으로
울다 웃다
토막이 나버린
추억의 이름으로
맹세하나니.

내 안에서
숨바꼭질하는
너에게
다시 한번 강력한
투항을 권고한다.

그대여!
부디 나를 기억하고
잊지 마시라.

첫사랑을 위한 송가(頌歌)

매실을 따다
켜켜이 설탕을 뿌린 후에
어느 기간 숙성시키면
빛깔 고운 매실청이 된다.
떫은 풋것이 알맞게 익어
농염한 액체가 될 때의 희열이라니.

배앓이를 하거나
그리운 병에 걸려
신열이라도 오를라 치면
대접에 두어 술 매실액을
물에 타서 마신다.

웃자란 키에 호리호리한 체격,
잇바디가 드러나도록
허허실실 잘도 웃던 그.

나를 항상
벗이라 불러 주고
무조건 칭찬해 주어
기를 팍팍 세워 주던
열적은 목소리.

나를 향한 지고지순이
부단히 이어질 줄 알고
오만방자하였다.
귀한 줄도 몰랐다, 내가.

실수와 방심의 시절이 지나고
질풍노도의 계절이 흐르고
귀밑머리 하얗게 돋아나고
자글자글한 주름 도처에 만발하지만

그때는 젊다는 이유만으로
갱생의 가망이 전혀 없었고
행실도 썩 좋지 않던 나를 떠나
풋과실이던 그가
어떻게 발효되었는지
꼭 한번 확인해 보고 싶어진다.

그리하여 나 없이도
훌륭히 자연 숙성된 그에게
매몰찼던 그 시절의 나를
사과하고 싶다.

그리고
고마웠다고, 진심 어린 눈빛으로
정중히 인사하고 싶다.

와병(臥病)

어느 날
거짓말처럼
중병이 찾아왔다.

밤낮으로 잠이 오지 않았다.
배가 아파 먹을 수가 없었다.
거구이던 체중이 40㎏대로 줄었다.
먹는 게 부실하니 볼일을 보지 못하였다.
신경정신과에선
정확한 병명을 진단하지 못하고
심인성 신경병이라 하였다.

느지막한 나이에 결혼하고
이게 웬 홍복이냐 싶어
자다가도 낄낄거렸다는 남편이
핵폭탄을 맞게 되었다.

축적해둔 재산 없이
직장생활을 하던 그이는
어떻게 해서든 마누라를 살려 보겠다고
병에 좋다는 무슨 무슨 약재
무슨 무슨 처방에 귀 기울이면서
병원에 입·퇴원을 반복시키면서
반찬가게를 순례하면서
나를 먹이고 씻기는 인고의 시간을
보내고 있었다.

그 병은 4~5년 계속되었는데
내가 남편에게 큰 채무를 느끼는
압권의 기억으로는 물김치가 있다.
오랜 기간
국, 찌개, 반찬을 사들이는 것이
마뜩잖은지 그는 손수 채소란 채소는 다 사 와서

잘디잘게 썬 다음
물김치를 만들었다.
삼시 세끼 밥을
물김치에 말아 먹였다.

아무 일도 하지 못하고 대(大) 자로 드러누워
밥을 얻어먹었는데 야윈 어깨에
가느다란 두 다리를 하고 식탁 위에
도마를 올려놓고 채소를 썰고 있는
그의 애련한 뒷모습이
참 불쌍해 보였다.

그때 결심하였지.
내가 다시 건강해져 일어난다면
이젠 내 차례니
죽을 때까지 그를 귀히 여기고
잘해 주어야지 하고.

이제 와 묻노니, 그 약속을 잘 지키고
있나요?
네.

앗! 유성이다

처서(處暑) 지나 한참 되니
떨어졌던 입맛
다시 돌아오고
모기에게 살점 뜯기고
땀띠에 시달리던 피부가
아리수 차가운 물의 잦은 샤워로 위로를 받는다.
"길을 가다가 불현듯
가슴에 잉잉하게 차오르는 사람
네가 그리우면 나는 울었다."라는
명시 구절을 외우며
무심코 올려다본 하늘은
아청빛 볼우물을 지으며
저만치 달아나고 있다.

달, 별들을 임신 중인 그녀도 입맛이 돌아왔는지
게질스럽게 많이 먹고
게털 같은 구름 떼를 게워낼 때도 있다.

어린 별님 달님의 씨 톨을 자궁 속에
가득 품고서

밤이 되자
파수꾼처럼 처처히 박혀 있던
별 무리가 다이아몬드처럼 반짝이는데
순간,
섬광처럼 찰나로 흐르고 있는
앗! 유성이다.

아름다운 사람

어릴 적 내 어머니는
닭 모가지를 비틀어
닭을 잡았다.

그녀가 눈을 희번덕이며
닭장에 들어서서
닭 몰이를 할 때면
왜간장에 당면이 들어가
자르르 기름기가 도는
남도식 찜닭을 얻어먹을 생각을 하며
우물가로 달려가곤 하였다.

펄펄 끓는 물로 닭의 털을 뽑고
목, 날개, 다리, 가슴살 등,
부분마다 닭살의 해체 과정을
야릇한 스릴과 서스펜스를 느끼며 지켜보았다.

구불텅구불텅 가는 창자에
날카로운 작은 칼로 칼집을 내고
굵은 소금으로, 때론 밀가루로
지저분한 창자를 댓돌 위에 올려놓고
벅벅 문질러가며 씻었다.
창자와 덜 여문 달걀 여러 개를 모아
채소를 곁들여서 곱창 요리를 해 주었는데
쫄깃쫄깃한 볶음요리는 일품이었다.

비 오는 여름날 교회 출석에
사보타주(Sabotage)를 치자고 남편을 꼬드겼는데
문제는 그 뒤에 발생하였다.

40년 가까이 간첩 밀봉 교육을 하듯
남에게 피해를 주지 않는 범위 내에서
선의의 거짓말은 좀 하고 살자고
그렇게 가르쳤건만

교회 관계자의 전화를 받은 그는
"중요한 손님이 와서 교회에 못 갔다."고
말해야 할 부분에서
차마 양심이
찔리는지 그냥 얼버무리고 만다.

때가 되어 조물주께 불려가서
그분이 우리들의 속 창시가 필요해서
쓰실 때 거짓, 순수의 때가 덕지덕지 묻은
나는 굵은 소금으로, 그런대로
담백한 그는 밀가루로
씻으실 것 같다.
내가 볼 때 그는
분명, 아름다운 사람이므로.

갈맷빛 하늘 아래에는

동남풍이 분다.
머위 잎섶이 하르르 떨린다.
바람의 여자,
멀리까지 이어진 강둑을 걷는다.

개천에 어린 새끼
몰고 다니는 오리 가족
새끼들이 참 많이 자랐다.
막 사춘기에 접어드는지
좌로 가라면 우로 가고
우로 가라면 돌아가고
어미 말을 잘 듣질 않는다.

자른 풀이 메말라
건초가 되었는데
그 향이 깊고 구수하여
널리 널리 퍼진다.

길섶 황국의 자태가
요요하니 도드라지는 걸 보니
가을꽃 아씨들 시집올 날도
멀지 않았나 보다.

새벽 4시
가로등이 유산소운동에 재미 들린
주민들의 운동을 묵묵히 도와주고
풀숲에 몸을 감추고
애타게 짝을 찾는
찌르레기 울음소리 퍽이나 애처로운데

나라도 형편이 좀 풀리면
그들의 신상을 결혼정보 회사에
소개하고 이참에
등록까지 마쳐주고 싶다.

이상한 호칭

70살을 바라보는 내가
큰아들 나이쯤 되는
전구를 갈아주는 전공에게
'아저씨'라고 부른다.
분명, 잘못된 호칭인데도
이상하지 않다. 우리나라에서는.

80을 바라보는 남편에게
같은 탁구 동호회 회원인
50살쯤 되는 여인이
'오빠'라고 부르며
복식 게임을 해도
하등 이상하지 않다.
적어도, 대한민국에서만은
아주머니나 할머니들은
아들뻘이나 손주뻘 되는 사람에게
아저씨라 하고

아주머니들은
아저씨나 할아버지들을
오빠란 호칭으로 부르며 친목을 다진다.
참 좋은 우리나라 대한민국이다.

뷰티풀 아이즈(Beautiful eyes)

이틀 밤낮으로 비가 오더니
지상의 일이 궁금하여 마실 나온 구름이
도토리 키재기하고 서 있는
산봉우리들 탐스러운 머리칼을
다정스레 쓰다듬고 있다.

산책로로 이어진 개천이
황하의 흉내를 내느라
소리치며 박력 있게 흘러내린다.

아침, 저녁으로 1시간씩 걷는 길에서
문득 떠오르는 얼굴은
아름다운 눈을 가진 성모병원의
이비인후과 의사이다.

언젠가 귀속에 물혹이 생겨
수술한 일이 있는데

간호사 두 명을 대동하고
집도의인 그가 수술해 주었다.

수술대에서 감사함을 느낀 것은
메스를 잡은 그의 부드러운 손길과
환자를 안심시키는 중저음의 온화한 목소리,
간호사를 압도하는 수술 장악력 등이었다.

칭찬은 고래도 춤추게 한다는데
고마운 마음에 말을 아껴 무엇 하랴 싶어
"선생님. 참 아름다운 눈을 가지셨네요." 했더니
그의 귀밑이 불콰해진다.

외형은 그렇다 치고
진정 아름다운 눈이란
내면을 곱게 갈무리하고
정직한 행동으로 감동을 주는

그런 사람이 간직한 눈이다.

그런 눈을

뷰티풀 아이즈라 칭해야 하지 않을까?

시인이라고?

"있는 것을 없는 것같이."
"없는 것을 있는 것같이."
시 작법시간에 강사가 한 말이다.

생각의 편견들이 조각을 맞추고
어떤 틀에 의하여 전열을 재정비하고
비교적 짧은 형태로 논리화하여
언어 군단을 만드는데
그것이 이름하여 시(詩)이다.

누구나 똑같이 삼시 세끼 밥을 먹고
각양각색의 옷을 입고 승용차로, 버스로,
전철로, 때로 비행기로 볼일들을
보고 살지만 유독 시를 쓰는
시인에게만 무관의 제왕이란 호칭을 준다.
왜일까?

시는 돈이 되지 않고
그래도 좀 고매한, 정신적인
가치가 느껴져서 그런 것이 아니겠는가.
물론 누구나 시를 쓸 수 있고
시인이 될 수 있다.
시인들은
한 편의 시가 만들어졌을 때,
물속에서 물을 박차고 거슬러 오르는
살찐 은어를 잡아 올렸을 때
찌릿찌릿 느끼는 손맛처럼 기쁠 것이다.

아마도 그 희열 때문에
이 땅의 많은 시인이
시를 쓰고 있는 것 아닐까?

압존법

잉꼬부부로 소문난 결혼 3년 차인 부부가
TV 모닝 쇼에 출연하였다.
사회자가 "부인께서 그렇게 남편 내조를
잘하신다고 소문이 자자합니다. 예를 들어
한 가지만 말씀해 주세요."라고 하니
부인이 "제 남편은 차가운 음식을 통
못 드세요. 그래서 여름에도 숭늉을 만들어
드리고 있어요."라고 대답했다.

회사로 출근한 그 남편이 광고 시안을
작성하느라 복사기와 씨름하다가
붉은색 잉크를 와이셔츠 깃에 묻히게 되었다.
집으로 돌아온 남편 옷에 묻은 붉은 잉크를
립스틱 자국으로 오해를 한 부인이
"야! 이 양반아. 결혼한 지 얼마 되었다고
벌써 바람을 피워? 너 한번 죽어 볼래!"라며
주먹에 엄청난 분노를 실어서 남편 뺨에
어퍼컷을 날린다.

다음날 아들 집을 방문한 시부모님이
한쪽 뺨이 붉은 아들 얼굴을 보고
시어머님이 "아들 얼굴이 왜 그러냐?" 하니
며느리가 "그이가 감기 드셔서 열이 높아
얼굴이 붉어지셨네요."라고 한다.

조용히 그 말을 듣고 있던 시아버님이
"자기보다 높은 사람 앞에서 남편을 지칭할
때에는 보통 평이한 말을 써야 한단다."라고 했다.

이름하여 이것이 압존법이니, 요즘 젊은이들
집에서는 남편에게 반말 지껄이면서 꼭
남 듣는 데선 극존칭을 쓰니 이것이 잘못된
것임을 알아 주세요.

노익장

74세의 일본 작가 마루야마 겐지(丸山健二).
청바지 차림의 근육질인 그는
"문학은 혼자 하는 예술이다.
철저히 혼자 읽고, 혼자 쓴다.
어제보다 오늘이 글을 더 잘 쓸 수
있기 때문에 100권의 책을 다시 고쳐서
재출간할 것이다."라고 하였다.

신선한 충격이다.
별명처럼 외로운 늑대다운 말이다.
그 말에 전적으로 동의한다.

그는 아침에 찐 계란 두 알을 먹고
3시간씩 50년 동안 줄기차게 글을 썼다고 한다.
참 부럽다.

70이 넘은 나이에도 빨간 립스틱 바르고
곱게 매니큐어 칠한 차림으로 노벨문학상을 받은
폴란드의 여류 시인 비스와바 심보르스카(Wisława Szymborska).
롤 모델들은 이처럼 가까운 곳에 있다.

나이 든다는 것은 자랑은 아니다.
먼저 태어났으니 순서대로 나이를
먹었을 뿐이다. 그러나 누런 호박처럼
제대로 익는 것이 중요하지 않을까?

선불리 젊은이들을 가르치려 하지 말고
무턱대고 대우받으려 하지 말고
말하는 것, 행동하는 것에 품격만 갖춰
준다면 건강하게 오래 살아도 괜찮을 것 같다.

살구 비누로 잘 씻고, 스킨로션도 좀 바르고
젊은이 옆에 앉은 노인, 그 모습이 그리
나쁠 것 같지 않다. 이 100세 시대에.

꿍따리 샤바라

내가 길을 걷고 있을 때
나를 눈여겨보고 있던 누군가에겐,
내가 그의 원근 안의
정물이 된다.
모든 풍경은 각자의 눈으로 나누어 가져야지
절대로 내 것이 될 수 없다.

그대가 내 속에서 한 줄기 연기처럼
피어날 때
추억 속의 그대 얼굴을 8월의 해가
핥고 있을 때

술 한 잔과 막역지우(莫逆之友)인 양 놀아 보다가
이것도 안 되겠다 싶어, 늙지 않은 그대를
땅콩 과자로 만들어 찰랑찰랑 호주머니 안에
넣고 다니다가 못 참겠다 싶으면
엄지 위에 올려놓고

"꿍따리 샤바라~" 하고
이상한 주문을 외우면 세월의 방부제
넉넉히 넣고 성형이 잘된 그대 얼굴
짠! 하고 나타날 것 같네.

사랑 그리고 8이라는 숫자

길을 가다가 웃자란 코스모스 꽃잎을
세어 본다. 노란 꽃술이 8개의 여린
꽃 이파리들의 경호를 받고 서 있다.

중국 사람들은 장수와 부귀를 상징하는
여덟이라는 숫자를 무척이나 좋아한다지.
한때 '9988'이란 말이 유행하였다.
구십 구세까지 팔팔하게 살자는 말.
그러나 지금은 120세에서 150세도
바라보는 사회가 되어서
80세와 90세는 장수하는 축에도
못 끼이게 되었다.

〈화양연화〉라는 중국영화에서
목을 반쯤 가린 팔등신 배우 장만옥(張曼玉)은
차이나 복식을 입고 나와 격렬한 포옹이나
키스 신이 전혀 없는 아날로그식 연애에도

남녀 간의 사랑이 아름다울 수
있다는 걸 반증하였다.

400년 전에 살았던 연상의 원이 엄마가
일찍 죽은 남편을 절절히 애모하는
편지가 발굴되어 세간을 놀라게 하지
않았던가.

돈, 부귀, 영화(榮華)는 없다 할지라도
건강만 하다면 사랑 하나 간직하고
평생을 살아가는 게 100년 남짓 사는
인생길,
그래도 남는 장사지 싶다.

똘똘이 엄마

내 딸은 나의 비밀 병기이다.
첫아들을 낳고 아들 욕심이 많아
그 뒤로 딸이 태어날 때 서운하였다.
그 모자라는 마음을 채워주듯 그녀는
알아서 커 주는 아이였다.

각종 아르바이트로 학비를 벌어가며
대학을 졸업하고, 교사가 되어 결혼도 하고
밤톨 같은 아이도 한 명 낳았다.

올바른 육아를 해 보겠다고 만 2년을
육아 휴직을 했는데, 그녀가 볼일이 있어
외출할 때에는 의정부에 사는 내가 서울 그녀의
집에서 외손자를 봐주곤 하였다.

기껏 2~3시간 남짓 걸리는 시간인데도
허리가 좋지 않은 엄마가 힘들까 봐 참참이
전화를 해서 "똘똘이는 어떻게 하고 있나요?"
하고 조심스레 묻곤 하였다. 그 말속엔
아이 걱정보다 엄마 걱정이 더 많은 듯
느껴져서 마음이 참 흐뭇하였다.

모든 일을 알아서 배려하고
상대방 마음을 편하게 해주는
그 마음이 하도 예뻐서
"나이고, 계급장이고 다 떼고 말하는데
나는 여성으로서 너를 존경한다."라고
엄마인 내가 딸에게 고백하였다.
오늘도 비가 추적추적 내리는데도
홍차, 영양제, 샴푸, 팩 등 생필품을
바리바리 싸 들고 친정을 방문한다.

내가 좋아하는 돼지갈비를 실컷 사 주고
후식으로 팥빙수를 시켜 먹으며 이야기꽃을 피운다.
내가 꼭꼭 숨기고 있는 귀한 나의 보물
생활 속의 전천후 요격기 내 딸
똘똘이 엄마!

무릉도원

"일어나 걸어라."
누군가 모르는 이의 속삭임으로 일어나
새벽 3시 30분에 집을 나선다.
APT, 6층에서 20층까지 걸어 올라가서
20층에선 승강기를 타고 지하로 내려와
어룡초등학교를 지나, 곤제역 지나
효자역 지나, 성모병원 보이는 지점
너럭바위에 앉아 숨을 고른다.

이삼일 비를 쏟아 낸 하늘은
짙은 파란색의 셀로판지처럼 드넓게 펼쳐져
하늘 정원을 이루고
바위 몇을 껴안고 하이얀 포말을 일으키며
힘차게 흘러가는 냇물이
수십만 수천분의 일로 축소해 놓은
'나이아가라' 폭포같이 느껴진다.
어라? 여기가 바로
무릉도원일세그려.

트레킹(Trekking)

8월 26일 오전 4시,
강변을 걸으려니 좀 서늘하다.
마스크, 반팔에 걸친 토시 등
부자재를 곁들여 길을 걷는다.

반팔, 반바지 차림으로 걸어오던
초로의 남자가 잔기침을 한다.
앗싸! 치밀한 내 준비성에 박수를!
길가엔 달맞이꽃, 나리꽃, 코스모스가
도열해 있고 이슬에 젖은 채 키 맞춰
자라고 있는 잡풀들이 청천 하늘에
반짝이는 별들을 장군님 모시듯
열병식을 하는데
비가 오고, 눈이 내리고, 바람이 불어도
외통수로 이어진 이 길을 언제나처럼
걸어가야지. 꿈보다 해몽이라고.
Fun. Fun. Fun.

소풍 끝났다고, 이제 그만 모이라고
조물주의 호루라기 소리 지상에서
들릴 때까지.
Fun. Fun. Fun.
브라보! 나의 인생아!

겸허해진다는 것

옅은 화장을 하고 활짝 웃는
92세의 그녀는 예뻤다.
평생 전쟁고아와 지적 장애인을
씻기고, 먹이고, 입히느라
깡패 할머니란 별명도 얻었지만
어쨌든 그녀는 고왔다.

행복이라는 책을 두루 섭렵하며
그 단어가 주는 의미에 골몰할 때
토사물을 치우고, 병을 수발하고
때론 그들에게 떠밀리어 팔다리
한 짝이 부러져도 그들을 위하고
귀히 여기며 같이 살 때
행복했노라고

어쩜 저럴 수 있나.
무엇 하나 마음자리 둘 곳 없는
이 공허의 시대에
물질 따라 유랑하다 정신세계가
너덜경이 된 우리에게
그런 우리를 불쌍히 여겨
저 성자가 조용히
꿀 칩 하나 선물하는구나!

은은하게

은어, 은갈치, 은유법, 은하수, 은혜.
첫 글자에 '은' 자가 들어가면
왠지 좋은 일이 있을 것만 같고
까닭 모르게 기분이 좋아진다.

친구에게
"내일, 시간 좀 낼 수 있겠어?"
자식에게
"모레, 우리 집에 좀 올 수 있겠니?"
배우자에게
"이것 좀 도와줄래요?"
직유가 아닌 은유로 건네는 대화가
더 호소력과 깊이가 있지 싶다.

그래서
나는 오늘도 은은하게, 은은하게,
될수록 은은하게….

감사

이 나이까지 살아 있음에 감사하다(69세).

아들 둘에 딸 하나를 결혼시키고,

그들이 사회에서 꼭 필요로 하는 일들을 열심히 하고 있음에 감사하다.

토끼 같은 손주 둘에 손녀 하나가 예쁘게 자라주고 있음에 감사하다.

매일 매일 깜짝 이벤트를 잘 해주는 배우자가 건강하게 곁에 있어 주어 감사하다.

이 나이 되도록 입맛이 떨어져 본 적이 없고,

요리, 바느질, 빨래, 청소 등 주부가 해야 하는 집안일을 즐거운 마음으로 할 수 있음에 감사하다.

책장 속에 좋은 책이 많이 있어 수시로 읽을 수 있음에 감사하다.

좋아하는 글을 쓸 수 있음에 감사하다.

16년 전에 삶는 기능이 장착된 세탁기를 아직까지 사용할 수 있음에 감사하다.

화장실에는 비데가 있어 허리를 구부리지 않고
볼일을 볼 수 있음에 감사하다.
목욕탕, 베란다, 거실, 안방, 건넛방, 주방 등
곳곳에 선풍기를 설치해 줘 열을 식힐 수 있음에 감사하다.
그런 나를 두고 남들은 "나라를 구했나?"
"조상을 잘 두었나?" 하고 우스갯소리를 한다.

이만하면 내가 복 많은 여인이지 싶은데
그러나 굳이 한 가지 소원이 있다면
어제 죽은 그 사람이 사랑하던 사람과 함께
그렇게 살고 싶어 하던 이 세상에서
멋지게 살다 오래 앓지 않고 하늘나라로
전입 신고하는 것!

말똥구리와 늙은 창녀

몇 년 전, 몸집이 좋고 목소리가 유난히 고운
중견 여배우가 도시를 순회하며 연극 공연을 한다는 소식을
들었다.
가진 것이 몸밖에 없는, 은퇴 직전의 창녀가 그녀를
찾아 준 고객들이 고마워서
비록 늙고 볼품은 없지만 자기가 가진 재산인 몸으로 그들
에게 봉사한다는 내용이었지.

여름철에 짐승의 똥을 굴려 굴속으로 가져가서
그 속에 알을 낳고, 새끼를 먹여 살리는 쇠똥구리의
처지가 그와 비슷하지 싶다.
남들은 하찮다고 손사래 치겠지만 그가 가진
재주를 아낌없이 발휘할 때, 그도 살고
그가 귀히 여기는 그 누구도 심심한 위무를
받는다는 사실, 참 괜찮다.

부부 이야기

은퇴한 남편을 부르는 호칭에 대하여 재미있는
표현이 있다.
집에서 한 끼도 밥을 먹지 않는 남편을 영식 님이라 부르고,
한 끼의 밥을 먹으면 일식 씨,
두 끼를 먹으면 이식아,
세 끼를 먹으면 삼식이 놈이라고 부른단다.

이조 시대에 창궐했던 남존여비가 사라지니
이제는 여성 우위 시대가 도래하여 아내가 지향하는 남편
밥상은,
공들여 차린 식탁에서 가끔 아내의 반찬 솜씨 칭찬도 좀 해
주고,
그녀가 피곤한 기색이 느껴지면,
자기가 밥을 차려 먹던지 라면이라도 끓여 먹고,
감쪽같이 설거지를 해 놓는 그런 남편이지 싶다.
풀잎에 맺힌 이슬을 받아다가 남편에게
차를 끓여 대접하는 책 속의 음전한 여인을

동경한 적도 있겠지만, 그래도
이상적인 아내상은, 몽환적인 달무리 색이
광배처럼 그녀를 받쳐 줄 때, 남편을 압도하는
그 무엇으로 소(小) 지구(地球)인 집안을 이끌어 가면
좋지 않을까 하는 생각이 든다.

제2부

애기똥풀

산책길에 보았다.
자지러지게 샛노란
꽃 이파리가 네 개인 애기똥풀을.

50이 다 되어가는 큰아들.
갓난애 땐 유난히 병치레가 잦아
하루에 몇 번씩 병원에 갔지.
그때 아이 아빠 봉급은 4만 원.
아홉 식구 먹고살기 빠듯해서
인천 동산병원 아이 진료비 5백 원
외상으로 달고 왔다.

20년 후에 찾아갔더니
병원은 온데간데없고
결국 외상값은 갚지 못하였다.
ROTC로 제대한 아들은
지금은 중소기업 부장인데

독학으로 숙달한 영어 실력이 빛을 발휘하여
요즈음은 '베트남'으로 공장 아가씨 구하느라
자주 비행기를 탄다고 한다.

경제관념이 철저한 아들은
수영 레슨비를 아끼느라 호젓한 시간에 대중목욕탕에서
수영을 배웠다나 어쨌다나.

남매를 양육하고 먹고사느라
전 세계를 내 집처럼 뛰어다니는 아들아!
난쟁이 키에 처연히 빛나는 꽃잎을 달고 사는
애기똥풀아!
고맙고, 또 고맙다.

세제라는 것

내 몸을 산화시켜
다른 몸을 새것으로 만든다는 것.
다른 몸을 다시 태어나게 한다는 것.

나 어릴 적엔 고형비누로 머릴 감았지.
20대 초반에 새색시가 되었는데
세탁기가 없던 그 시절
함지박에 풀어쓰던 가루비누는
눈알이 튀어나올 정도의 사건이었다.

수돗가에 쪼그리고 앉아
네 번 헹군 빨래를 탁탁 털어
빨랫줄에 널 때의 그 상쾌함이라니.
옹색한 마당귀를 핥듯이 쏟아지던
황톳빛 햇살 아래 펄럭이던 깨끗한 옷가지들.
비록 남루했지만, 보석처럼 빛나던 시절이었다.
자신의 몸에 문둥병을 집어넣고

한센병 환자 옆에서 일생을 보낸
다미앵(Damien de Veuster) 신부님.
지구촌 곳곳의 배고픈 자에게
밥을 퍼 나르는
최 목사님.

알게 모르게 자신의 재능과 재산을
아낌없이 나누는
재능 기부자들.

똑같이 오장육부를 가진 사람이지만
그들의 환심장(換心臟)엔
댐 크기만 한 사랑의 수조가
항시 출렁이나 보다.

헐렁하게

일어나자마자 총총걸음으로 냇가로 나온다.
조잘조잘 새벽 물소리가 말을 걸어오고
먹을 감던 청둥오리 떼 웩웩거리며 훈장질이다.

하늘엔 촘촘히 박힌 다이아몬드 빛깔의
별 무리, 죽죽 뻗어 각선미를 자랑하는
갈대들의 군무, 향긋하게 코끝을 간질이는
들꽃들의 지분 내음새,
걷는 속도에 따라
헐렁거리는 운동복의 촉감.
아~ 상쾌하다.

언제부터인가 살비듬과 따로 노는
헐렁한 옷이 좋았다.
젊은 날엔 욕망 덩어리가
움켜쥐려고 할수록 빠져나가고
좌절과 공허 속에서 어찌할 바를 몰랐지.

마무리 단계인 후반부 인생,
명예욕, 성욕이 거지반 소멸하고
식욕 하나 남아서
싸고 맛있는 착한 점심을 기웃거리고
순두부찌개의 알맹이 같은
듬성듬성, 헐렁헐렁
저만치서 바라보고 분수껏 즐기는
이런 삶이 좋더라.

일몰

2017년 9월 20일 오후 6시 30분.
좀 헤픈 여자가 명의에게서 쌍꺼풀 수술을 받고
스페인 무희에게서 빌린, 레이스가 달린 핏빛
드레스를 입고 수락산을 꼬신다. 윙크 네 발에
뽀송뽀송한 미소 두 방을 총구 속에 장전하여
빠바방! 빠바방! 연거푸 쏘아댄다.
난조의 미를 뽐내던 여름 수풀이 길 떠난 직후라
허전하던 남자 중의 남자인 수락산이
그녀의 적극적인 애정 공세에 뚜벅이 걸음으로
걸어올 듯하다.

내일은 모양 좋고 성격 좋은 뭉게구름이
힐링한 얼굴로 장미꽃 한 송이에 큼직한
알이 박힌 보석 반지 하나 들고 와서 무릎 꿇고
열렬히 구애한다면, 좀 헤프나 맘씨 착한
저 여자는 단박에 애인을 갈아치울 것이다.

도발

기욤 아폴리네르(Guillaume Apollinaire)의 〈미라보 다리〉라는
시에 나오는 미라보 다리는 아니지만, 동네 다리 위를 지나가다
문득 '도발'이라는 단어가 스님의 화두처럼 떠나지 않아, 사전을
찾아보니 '도발: 집적거려 일을 일으킴'이라고 되어 있다.
그렇다면
휠체어를 타고 다니는 하반신 마비 환자가 일어서겠다는
집념 하나로 의지를 불태우면서 땀 흘리며 재활 운동하는
모습도 그렇고,
립스틱 짙게 칠하고 손톱에는 알록달록한 색깔 모양을 내고
반찬 배달 아르바이트로 돈 좀 벌어보겠다 하고
올해는 기필코 혼자서 역사 유적지 답사 여행을
나서보겠다고 전의를 불태우는 나이 지긋한 나도,
그 부류에 끼는 것인가?

짝퉁 인생(人生)

내가 가진 명품은
딸아이가 외국 여행 마치고 오다
공항 면세점에서 사준 가방
'COACH' 하나다.
옷도 시장에서 5,000원
또는 10,000원에 좋아하며
산 옷도 다른 사람이 똑같이
입고 나오면 기분이 좋지 않다.
디자인이 흔하지 않지만
비교적 값이 싼
동네 보세가게를 이용한다.
KBS 〈공주의 남자〉, SBS 〈가문의 영광〉에
나오는 탤런트 박시후를 좋아하는데
그와 건들거리며 걷는 걸음걸이가
비슷하고, 날씬한 키에 몸매가 비스름한
남편을 짝퉁 박시후라 생각하고
멀리 있는 진짜 박시후 말고

가까이 있는 짝퉁 박시후인 남편을
애인이라 착각하고 지금보다 더
사랑하기로 마음먹기도 하였다.
어쨌든 인생은 꿈보다 해몽이므로.

내 친구

교과서에 나오는 영희 같은
이미지를 가진 내 친구를
나는 꼭꼭 감추어 두고 살아간다.
기쁜 일이나
안 좋은 일이 생기면
카톡이나 전화로 소식을 전하는데
그녀의 위로와 격려가 당근과 채찍이 되어
무한한 힘을 주기도 한다.
그녀는 나보다 이뻐서 좋고
나보다 더 선비다운 심성을 가져
은근히 흠모하게 되고
길을 가다가도 문득문득
생각나면 그녀가 보고 싶어진다.

동성이지만 이성같이 가슴 설레는 친구
너무 가까이해서 귀찮아질까 봐
적당한 거리에서 서로의 삶을 존중하고

보고 싶을 땐 만나
그동안 서로 준비한 물건들을 나누고
밥을 먹고, 커피를 마시며
서로의 눈을 맞추고, 웃고
대화를 나누는 그런 사이,
그런 친구가 있어서
참 좋다.

제목

"향 싼 종이에선 향내가 나고
생선을 묶은 새끼줄에서는 비린내가 난다."
『아프니까 청춘이다』
<끝에서 두 번째 사랑>
위에 열거한 책 제목이나 드라마 제목이
내가 뽑은 잘 지어진 제목이다.

작고한 수필가 장영희 씨도
책 제목으로 늘 고심했다고 고백했는데
원작자는 누구나 완성된 창조물의
제목을 놓고 엄청난 고민을 한다.

왜일까?
제목은 물건을 싸는 포장지 같기 때문에
그럴 것이다.
그도 그럴 것이

종이류와 재활용 비닐류를 분류하여
쓰레기장에 버리고 오다 무심결에
빈 봉투의 냄새를 맡게 되었는데
종이를 버린 봉투에서 유독 향내가 났다.

그 이유는
어젯밤 콜드 마사지를 하고
티슈로 닦아낸 휴지들이 봉투에 머무르며
향기를 발산시켰기 때문이었다.

고로
내용물과 단 1%의 연관성이 있다면
어떤 형태로든 발현돼야 하는
제목들이다.

반짝이는 아이디어들이여!
감히 주문하노니, 부디

깜찍, 도발적인 제목들을
탄생, 또 탄생시키시라.

향기

감기 들어 콧물이 줄줄 흐르는데도
들꽃 향기가 코에 스민다.

씻지 않은 몸에서도
저렇듯 감미로운 향기가
배어 나올 수 있다니….

눈, 코, 입, 귀
모든 구멍이 만족하지 못하면
당장 침울해지는 세상에서
값을 치르지 않아도 안겨 오는
들꽃의 살 내음에서
오롯이 위로를 받는다.

행복

마음이 맛난 음식을 먹고 포만감에
흡족해져서 기분이 좋아진 상태.
육체의 갈구보다 영혼의 세계가 만족할 때
그 충족감은 배가되는 것이 아닐까?

행, 복
가만히 입속에 그 단어를 넣고
공 구르듯 한 음절, 한 음절을
소리 내어 말해본다.

행, 복
얼굴을 쫙 펴고 웃는 얼굴로
소리 내야 하며
글자 자체도 통통 튀는 느낌이고
참 발랄하다.

네잎클로버

아들, 딸 삼 남매를 낳았지요. 첫째와 둘째는 공부를 잘하여 부모의 기를 살려 주었지요. 셋째는 초등학교 4학년 때부터 산수 문제와 씨름하더니 "어머니의 스파르타식 교육방식에 형과 누나는 따랐지만 나는 그렇게 못 하겠어요."라고 선언하며 공부의 끈을 놓았지요, 중학교 땐 50명 중 25등을 하여 간신히 인문 고등학교에 진학했어요.

공부 잘하는 아이들은 집중도가 높아 모범생의 길을 가지만, 공부 외에 잡사(雜事)에 관심이 많은 그 아이는 간잔지런한 사고를 쳐서 엄마가 학교에 불려가기도 하고, 걱정거리를 쉴 새 없이 만들어 주데요.

대학가라는 부모의 요청에 "공부 더하면 머리가 폭발할 것 같아요."라고 엄살떨며 대학 입학 6개월 만에 군대에 가고 제대 후엔 영업직에 투신하였지요.

다행히 영업을 잘하여 제힘으로 장가도 갔답니다. 인상이 선량하고 진실성이 있어 구매자에게 호감을 주는지, 다른 동료들과 비교하여 나쁘지 않은 성적으로 꽤 오랫동안 직장에 잘 다니고 있어요.

웃기는 건 결혼하고 제 처 앞에선 둘도 없는 효자인 척 부모에게 공손히 대한다는 겁니다. 아무래도 과거에 속 썩인 게 미안해서 제 처라도 우리에게 더 잘해 주었으면 하는 희구가 담긴 심정으로 연기 아닌 연기를 하는 것이겠지요, 그런데 그게 밉지 않네요.

난 그 아들이 속을 썩일 때마다 '저 아이가 내 인생의 네잎클로버다.'라는 최면을 걸고 마음을 완화하곤 했지요. 그 주문이 효과가 있어 수원, 서울에 사는 형과 누나보다 가까이 살면서 자주 찾아오고 기쁨을 주니, 그때 자주 최면을 건 네잎클로버 효과를 확실히 보는 것이겠지요.

들개 출몰 지역

아침, 저녁으로 다니는 운동길의 터닝 포인트 3/2 지점, 웃자란 쑥들과 나팔꽃잎 덤불이 우거진 곳에서 집 나와 떠돌던 개들이 들개가 되어 나타났다.

시커먼 털북숭이에다 보부도 당당하게 턱 하니 버티고 서서 웩! 웩! 으르렁! 가쁜 숨을 몰아쉬며 금방이라도 달려들어 물어뜯을 것처럼 위협하였다.

등허리엔 식은땀이 흐르고 오금이 저리는데 급하게 도망치면 따라와 해코지할 것 같은 마음에 지각하여 벌 받을까 봐

살금살금 교실 문에 다가가는 아이처럼 한 걸음, 한 걸음을 얌전하게 걸었다.

다행히도 따라오지는 않았지만 그들의 광폭한 일탈이 염려되었다. 평생 일상의 일탈을 꿈꾸며 살아온 나인데 더불어 사는 이들에게도 유익함을 주는 일탈이 되었으면 한다.

삶

도도히 흐르는 물길 따라
흘러가는 시간은 되돌아오지 않는다.

기쁨, 슬픔, 남루함, 비루함이 교직(交織) 되어
견고한 성채를 이룰지라도
일회성뿐이기에 더욱 빛난다.
나와 그 길을 함께 가는 이여!
내가 한 송이 보랏빛 들국화라도
피어나도록 물주고, 거름 주어 고맙습니다.

매사에 툴툴거리고 변덕을 부려도
그냥 웃고 봐 주어서
고맙고 또 고맙습니다.

그 어떤 이가 묘지를 바라보며
지배하던 자와 지배를 당하던 자가
나란히 사이좋게 누워 있다고 말하였다.

세월 따라 나이 드는 것이 자랑은 아니다.

그렇다고 슬퍼할 일은 더욱 아니다.

그러니 노인들이여!

그냥 조용히 감사하며 나답게 살아갈 일이다.

버리고 떠나기

이 세상 소풍 끝나는 날,
나는 과연
"여러분이 도와주서서 정말 잘 살다 갑니다."
라고 말할 수 있을까?

진정 홀가분함만 있고
추호도 아쉬움이 없을 것인가?
자문하여 본다.
아니지, 그건 아니야.

좋은 사람 만나 살며
사랑도 실컷 해 보았다.
이남일녀 자녀도 풍성히
두었으니 자녀복도 있겠다.
배움을 갈구하다 대학 부설 문학반에서
4년 가까이 교수들의 강의도 들었다.

먹고 싶은 것, 입고 싶은 것도
별로 없고,
가고 싶은 곳, 보고 싶은 곳도
별반 없다.

비록 왕후장상의 팔자는 아니었지만
소시민의 자유를 누리다가
조용히 사라지고 싶다.

길상사에서 ─ 법정 스님을 그리며

후박나무를 사랑하고
가랑이 사이로 얼굴을 묻고
거꾸로 하늘 보길 즐겼던 동심.
자신에겐 누구보다 엄격하고
이기적이었던 사람.

길상사에 흐드러진 한련화를 바라보다
마리아 얼굴을 닮은 보살상 조각에
눈길을 준다.
절에서 보기 힘든 도서관 앞
분홍 연꽃 핀 연못도
군데군데 배어 있는
법정 스님의 체취다.

돌아가시기 얼마 전에
수수깡처럼 깡마른 몸으로
단팥죽 한 그릇을 맛있게 드셨다지.

그 부분이 너무나 인간적이라 친밀감이
느껴지고 그래서 그가 더욱더 그립다.

그는 언행일치가 되는 사람이었으며
도반(道伴)의 증언대로
중노릇 멋지게 하고 갔다.

못된 사랑

나라면 목숨이라도 내어줄 것처럼
입속의 혀와 같이 상냥하던 사람이
꿈속에서
데면데면 거들떠보지 않을 때의
그 황당함이라니.
그가 주는 사랑이 영원하리라고
털끝 하나 의심치 않던 나는
적이 당황하였다.
그리하여 어찌할 바를 몰랐다.

팔뚝엔 푸르죽죽한 칼 문신
목덜미엔 하트 문신
비장하기까지 한 그 암시가
사랑이라고?
그 막가파식 막무가내가
사랑이라고?
맞다.

피보다 진한 사랑도
사랑이고
좀 덜 떨어진 못된 사랑도
사랑이다.

사랑.
그 오묘한 떨림이
유치한 걸음걸이 할 때는
우린 누구나 무장해제,
지구의 폐활량이 활기차다.

시(詩)

아침에 눈을 뜨면
님이 기침을 하셨나? 궁금해지듯
시의 안부가 궁금해서 미치겠다.
그의 얼굴이 궁금하고
그의 몸짓이 궁금하고
그의 심기가 자못 궁금하나
혹여 그의 속내 한 자락이라도
알아차린다 싶으면
좋아 죽겠다.
그러나
심드렁하게 풀 죽어 돌아가는
쓸쓸한 그의 뒷모습에 눈길이 갈 땐
어김없이 눈물이 난다.

수컷

일어나자마자 아파트 공터에
설치해 둔 운동기구에 올라탔다.
요리조리 돌리는 허리운동을
한 50번쯤 하느라 정신이 없는데
탄탄한 다리에
허리 곧추세우고

부드러운 장발을 늘어뜨린 사내(소나무)가
"요즘 어떻게 지내냐?"
"건강은 어떠냐?"며
길지 않는 안부를 물어 온다.

혹, 끼치는 수컷의 향기는
절정을 향해 달려가는 심호흡이다.
놀라워라, 놀라워라.

텅 빈 시간

빈 공터
모든 것을 비우면
자연과도 합일하는 순간이
돌아오는구나.
내가 너이고 네가 나인 시간이
돌아오는구나.

(요즘 시 짓느라 너무 외로웠나 보다)

시집

모방은 창조의 어머니라니.
주머니 사정이 여의치 않아도
10,000원 정도 하는 시집 한 권 산다.
다른 시인들의 작품도 읽어야 하겠기에
100편 내외로 수록된 시 중에서
마음에 와닿는 시 한 편이
눈에 띄면 시집 값이 아깝지 않다.
한 세 편 정도 건졌다 싶으면
정말, 시집 잘 샀다 싶다.

그러다 대여섯 편 추려 읽고
읽고 감동하다 보면
오늘, 횡재한 기분이 든다.

돈이 안 되는 시를 쓰는 시인들
무관의 제왕이란 호칭에 그나마
위안 삼아 고뇌하고 또 고뇌하고

시의 묘혈을 파는 그들이
살아 있음을 증명하느라 시를 쓰지.

서정주의 〈문둥이〉
황지우의 〈여정〉 같은
울림이 큰
작품 하나 만들어 보겠다고
밤낮으로 시의 심장을 파내어
큰맘 먹고 엮어내는 시집 한 권
맛있는 밥 한 그릇 사 먹었다고 생각하고
독자들이여!
시집 한 권 사 줍시다.
좋은 시 한 편만 건져도 본전은 되니까.

결혼기념일

9월 9일.
우리 부부의 결혼기념일이다.
그날 남편과 외식하기로 약속했는데
이런저런 사정으로 약속을 못 지키겠노라며
"미안해."라고 한다. 소년처럼 얼굴까지 붉히면서.
그동안 군말 없이 잘 참아주고
친구처럼, 오빠처럼 잘 대해 주어
고마워서 그런지 전혀 섭섭지가 않다.

어찌어찌 만나
불잉걸 같은 사랑을 하고
자녀를 낳아 밤잠 설치며 양육하고
희, 노, 애, 락을 함께 나누며
죽음이 그들을 갈라놓을 때까지
부부라는 이름으로 맺어져
질기디질긴 인연을 이어갈
두 사람 사이의 신새벽(스타트라인)이
결혼기념일이 아니던가?

길가에 지천으로 되어 있는
재스민 향기 나는 보라, 하양, 노랑
들꽃들 한 묶음 꺾어 들고
"그동안 잘 참아주고 잘 해주어 고마워요."
"그리고 사랑해요."
아끼던 말 두어 마디 진심을 담아
필히 전할 일이다.
그날에는….

제3부

들깨가 참깨를 이기는 세상

참 세상 좋아졌다.
들깨가 참깨를 이기다니.
비빔밥에 남아있는 들기름으로 마무리를
하니까 밥맛이 영, 거시기하였다.
꼬불쳐 둔 돈을 쓰기로 하고 찾아간
기름집 메뉴판에는
참기름 8,000원(중국산)
들기름 12,000원(국내산)
이라 적혀 있다.
국내산 참깨로 짠 참기름은
너무 비싸다고 사람들이 사 가질 않아
중국산 참기름을 판단다.

자- 이렇게 되면 냉장고 안에서
지청구를 듣던 들기름이
기 살아나는 소리가 들린다.

대립하던 이념도 없어지고
인종차별은 더더욱 없어지고
피부색으로 우위를 다투던
시절도 지나가고
오로지 재화만이 위력을
발하는 세상.

고린내 나는 발 냄새를 참아가며
구둣방 백인 점원이 흑인 고객에게
90도 각도로 고개 숙여 정중하게
갖은 아부 떨며
신발을 신겨 주는 세상이 되었다.
그 점원은 신발을 팔아야만
처자를 먹여 살릴 수 있었기에
온 세계가 물질 앞에 평등해서
좋긴 한데. 글쎄, 돈 없고 속칭 말하는
빽 없는 흙수저 신세이다 보니
좀 그래서 하는 말이다.

고급 스포츠

골프나 승마만 고급 스포츠냐?
달무리 아래 유유히 걸을 수 있는
걷기 운동도 유산소 운동이란 이름표를
새로 단 신종 고급 스포츠다.
이 운동의 장점은 일단 돈이 안 든다는 것이다.
튼튼한 재질의 운동화 한 켤레만 있으면 OK.
언제든 시간에 구애받지 않고
혼자서 호젓하게 즐길 수 있어 좋다.

새벽 3시 30분,
부스스 잠 깨어 운동 가려는 나에게
그때까지 드라마를 보고 있던 남편이
"조심해."라고 한다.

그 말엔 나에 대한 사랑, 희원, 염려가
담겨 있어 참 따듯하게 느껴진다.
내다 버려도 아까울 것 없는 내 나이

누가 해코지하려거든(특히 남자가)
냅다 낭심을 차 버리라고 그는
호신용 비법까지 알려 주었다.
아직 그의 눈엔 내가 여자로
보이나 보다. 꿈보다 해몽이라고
그래서 기분이 더 좋아진다.

길가에 서 있는
파리한 얼굴의 코스모스 군단 곁을 지나
군데군데 교회의 빨간 십자가의 불빛이 보이고
시냇물 물살을 받치는 웅덩이 물은
생각이 깊은지 먹빛으로 빛난다.

멀리서 행인 한 명이 오고 있다.
점점 가까워진다.
나이가 60대쯤 되는 남자다. 스칠 때 약간
긴장을 한다. 아무 말이 없다.

아무 액션이 없다.
에이, 약간 시시하다.

주책없이 잉잉거리는 시상 몇 개 주워들고
턱에 숨이 차도록 귀갓길에 오른다.
오늘은 어떤 모양새의 시가 탄생하려나?

영심이의 전성시대

'영자의 전성시대'를 지나
이제는 영심이의 전성시대다.
19세의 제주도 처녀 영심이는
초등학교 짝꿍이었던 대호 씨와 결혼을 하였다.
성실함이 주 무기인 대호 씨는
영심 씨가 아이 셋을 낳아 기르도록 거들어 주었고
외항 선원부터 갈매기호 선장까지 하다가
얼마 전에 하늘나라로 갔다.
병명이 뚜렷하지 않은 급한 병으로 가느라
오래 앓지 않았다는 보너스를
그녀에게 안기고 쉽게 그 나라로
전입신고를 해 버렸다.

나이 들면
두고두고 잘 써먹으려던 남편의 부재가
옹이처럼 그녀의 가슴에 박혔지만
아무튼 그녀는 완전한 자유인이 되었다.

아직까지 현역 해녀인 그녀는
물질이 끝나면
빨간 립스틱에 빨간 매니큐어 바르고
청바지에 청윗도리 카라를 빳빳이 세우고
올레길을 걷는다.
같은 대한민국인데
비행기에서 내려 제주도 땅에 들어서기만 하면
영 분위기가 딴판인 것이 제주도의
매력 아니던가?

이국적인 야자수 하며
뭔가 공기부터 달라 이곳을
우스개로 해외라고 한다지.
영심 씨!
군민회관에서 하는 노래교실에 가서
소리도 좀 지르고
6,000원짜리 떡갈비가 나오는 칼국숫집에서

영양 보충도 좀 하시고

시내에 나오면 롯데리아 가서

오전 11시부터 오후 2시까지

3,200원에 판매하는 착한 점심도 좀 드시구려.

일주일이나 열흘에 한 번씩 각질 제거하고

계란 노른자 마사지로 피부 관리해 보세요.

알아요?

언제 온전한 남자 친구 하나 딸려올지 모르니

만반의 대비를 해두시라고요.

지금은 100세를 지나 120세를

지향하는 시대라는데 지금 70인

그 나이가 아깝지 않아요? 헤헤.

과자 한 봉지

종종 끼니를 과자 한 봉지로 때운다.
소녀 시절에는 별명이 '구포 다리'였는데
지금은 밥 적게 먹는다고
지청구하는 어머니가 옆에 안 계셔서 좋고
코끼리만 한 덩치로
떡, 빵, 과자, 등 군것질을 잘하는 나에게
다이어트하라고 잔소리하는 남편이
출타 중이라 눈치 안 봐서 더 좋다.

언젠가
미국, 영국, 프랑스, 덴마크 등
각국의 과자 맛을 본 적이 있는데
선진국들이라 건강을 생각해서 잘 만들었겠지만
모양은 예뻐도 솔직히 맛은 없었다.

우리나라의 과자
사브레, 버터링 쿠키, 땅콩 샌드 등

각종 과자는 품질의 우수성은 물론이요,
맛을 따진다면 거의 예술 수준 아니던가?

오리온 땅콩 과자 한 알
입안에 넣고 깨물면
파사삭 부서지는 겉껍질의 파열음 뒤에
오롯이 씹히는 땅콩의 고소함

냉커피 한잔 타서 빨대를 꽂고
죽죽 빨면서 멜랑콜리한 드라마에
시선을 고정하면서
참 좋은 시절은
바로 이 순간이라고 생각했다.

잭팟(Jackpot)

산수의 셈이 싫어
고스톱도 안 배웠다.
겨우 민화투 치는 정도의 잡기 실력

뻥튀길 때 나는 소리와 부풀어서
와르르 쏟아지는 튀밥의 향연 같은 단어
잭팟.
나하고는 상관없는 단어인 줄 알았다.

한 달 동안 50편 가까이
시랍시고 쓴 글들을 묶어
시집을 출간해 볼까 하고
부단히 움직이던 중에 자고 나니
입술에 물집이 잡혀 퉁방울 입술이 되었다.

시를 쓰는 내내
벌떡벌떡 뛰는 가슴

진정시키느라 행복했는데
몸은 좀 고달팠다고 말하는 건가.
이번 내 시집을 읽고 좋아하는 독자들이
잭팟처럼 터졌으면
이런 생각이
취생몽사(醉生夢死)인 것을 나는 모를까. 끌끌.
(혀 차는 소리)

너

　내가 전공을 세우고 현현한 장부의 모습으로 로마 성의 성
주로 귀환했을 때, 너는 어리고 고운 한 떨기 관비(官婢)였지.

　전쟁의 소용돌이 속에서 무디었던 감성이 다시 살아나고 그
날부터 너는 내 마음에 있었다가 없었다가

　없는 듯하여 가버리려다 돌아보면 있었고, 있겠거니 싶어 찾
아갔으나 없을 때도 있어서 번번이 외로웠다.

　그리움도 중독이 된 쾌락이다. 네가 나누어 주는 기쁨이 때
로 행복의 실상이 되어

　내 가슴속 불두화(佛頭花)로 피어나고 로켓포 쏘아 올린 여진
으로 인해 심히 흔들리고 먹먹할 때도 있었다.

　너는 어리고 고왔으나 꺾을 수 없었다. 꺾지 않았다. 너는 어
리고 벅찼으나 취할 수 없었다. 취하지 않았다.

　왜냐고? 그저 바라만 보고 싶은 이 죽일 놈의 사랑 때문에.

마음에 큰길을 내다

수원, 서울 등지에 짝을 맞춰 내어 보낸 아이들, 한동안 소식 없이 지낼 땐

'이것들이 왜 이렇게 소식이 없어!' 하고 토라질 듯한 마음이 된다.

초등학교, 중학교, 고등학교 동창들, 마을이나 동호회에서 사귄 친구들에게서

한동안 카톡이 없으면 '벌써 나를 잊어버렸나?' 하고 서운한 마음이 든다.

이렇듯 창문 하나 크기만 한 마음인데. 넓은 땅의 조그마한 밭뙈기만 한 마음인데.

어떨 땐 나도 모르게 마음에게 큰길을 내줄 때가 있다.

평생을 나를 벌어먹인 남편에게 용돈 말고, 생활비 한번 주어 보고 싶다. 다소곳이, 친절하게, 공손하게 두 손으로 생활비를 받는 그이의 모습을 상상하면 비록 순간이지만 호기를 부리고 있는

얼토당토않은 큰마음이 고맙고 또 고마울 때가 있다.

친정아버지

    내 친정아버지는 엄마와 19세에 혼인하여 주저리주저리 5남매를 낳고 35세가 된 여름에 급한 병으로 돌아가셨다

    내가 초등학교 5학년 때 아버지가 흰 피부, 1m 80㎝가 넘는 거구로 철도국의 곤색 정장 차림으로 출근할 때에는

    엄마는 일하는 언니, 담사리까지 일렬로 대동하고 "잘 다녀오시라."고 늘 90도 각도로 절을 하였다.

    우연히 극장 앞을 지나다가 아버지를 만났는데 〈타잔〉이란 영화를 함께 보고 중국집에 들어가 자장면을 먹게 되었다.

    국수만 알고 있던 내가 시커먼 춘장을 무서워하며 하이얀 면발만 뒤적이자 아버지는 "우동을 시켜줄 걸 그랬네."라고 하였다.

    배구선수였던 그가 전위 담당 공격수가 되어 학처럼 날다 강스파이크로 맞받아치려는 상대의 두 팔을 먹먹하게

    만들 때는 바라보는 내 입안의 침은 말라 버렸다. 술, 담배를 하지 않던 그는 퇴근길엔 자주 과자나 과일을 바리바리 사 들고 오고, 혹시 우리들이 엄마에게 야단을 맞더라도 그때마다 단호하게 역성을 들어 주었다.

철도국 보선사무소 서열 2위인 그가 직원들 앞에서 조회를
주관하는 걸 본 적이 있다.

　조용하나 단호한 음성으로 좌중을 압도하는 카리스마가 가
슴 벅차게 전해져서 '나도 크면 아버지 같은 남자에게 시집가
야지.'라고 마음먹었었다. 그는 돌아가시기 직전에 속이 거북
하다며 내게 사이다 심부름을 시켰다. 그것이 그와 나의

　마지막이 될 줄이야.

어스름 저녁에

9월 12일 저녁 7시경 우리 옆집. 구수한 된장국 끓이고 갈치 굽고, 달각달각 그릇 부딪치는 소리가 참으로 정답다.

걷기 운동하기 전 허리 받침이 있는 의자에 기대어 목 상하 굽히기 50번, 목 좌우 돌리기 50번을 집중해서 하고 있는데 불청객의 습격을 받게 되었다.

여름내 성년이 된 모기가 넓적 다리께에 앉아 흡혈귀처럼 피를 빤다.

'한 목숨이 먹고 살겠다고 피 쬐금 달라는데 좀 참지~.' 그러나 참을 수 없다.

나의 인내심은 목운동 30회에 황망히 그곳을 떠나는 것에 그쳤다.

길가엔 가로등이 촘촘히 켜지고 구름다리 위엔 불 밝힌 경전철 두 량이 귀뚜라미 행렬인 양 빠른 걸음으로 달리고 있다. 지천으로 자란 색색의 들꽃들, 재잘거리며 흐르는 물소리, 드높아진 하늘 커튼 아래서

싱그러운 향기도 풍겨오는 바람 내음. 이 자유, 이 평화! 너무 좋으니까 그 반대인 아주 불행한 영상이 오버랩 된다.

아우슈비츠의 가스실 안 남녀노소들의 공포에 가득 찬 얼굴과 비명이 들리는 듯하고, 한 생명이 한 생명을 먹여 살릴 수 있으면 먹여 살리고

또 한 번 생명은 어느 누구의 핍박과 간섭 없이 자유롭게 존재하다가

타고난 제 복대로 잘 살고 잘 갔으면 좋겠다.

시를 생각하는 마음

"시가 쉽게 쓰인 날은 불안하다." 이름이 멋진 원로시인이 말하였다.

아니, 아니, 나는 그 반대다. 시가 쉽게 쓰인 날은 밥값을 한 것 같아 날아갈 것 같고

말할 수 없이 기분이 좋아진다. 그래서 저급한 시를 쓰는 건가?

시에 대한 내 생각은 시의 아구창을 항시 열어 놓되 시의 접근은 가미카제

요격부대처럼 맹렬하고 시의 회구는 좋은 시를 쓰는 것이다.

누구나 시를 쓰고 읽는 우리나라가 시 공화국이 되었으면 좋겠다.

음률과 운율이 있고 사려 깊으나, 생기발랄하고 언제 어디서나

희망, 용기, 사랑, 행복을 주는 그런 시.

가방끈

어떤 평론가는 시인 H 씨와 시인 L 씨의 시는 도저(到底)한 학문을 바탕으로 길이와 울림이 있다고 평하였다. 과연 그분들은 최고 학부를 나왔다.

그러나 꼭 그렇지만도 않은 것이 고등학교를 졸업하고 평생 교직에 몸담은 시인 한 분은, 오랫동안 독학으로 담금질한 문학 공부를 바탕으로 문장가가 되어, 아름답고 심금을

울리는 시들을 발표하여 문단의 권위 있는 상이란 상은 다 휩쓸고, 자타가 공인하는 시인으로 우뚝 섰다.

이렇듯 가방끈은 예술계에서만큼은 짧아도 괜찮은 것 같다. 누가 뭐래도 가방끈의

길이는 본인의 의지와 그 당시의 집안 형편이 지대한 영향을 미치는 게 아닐까?

나도 그랬다. 학교 간이매점에서 곰보빵, 단팥빵을 팔고 쉬는 시간마다 교실을 돌아다니며 「여학생」이란 월간지를 팔고 근로 장학생이란 이름으로 학비 할인을

받으면서 피똥 싸게 고등학교를 졸업하였다.

보득보득, 그러나 자랑스럽게….

어떤 음악회

음악회에 다녀왔다. 시냇물과 풀벌레 사운드가 엮는 가을 정기 연주회,

지휘자는 무지개색 광배를 동반하고 제시간에 입장한 하현 달 씨.

청명한 하늘 아래 속삭이듯 하다가 애절하게 꺾어지는 선율이 오감을 자극하고 폐부를 찌른다. 감성 볼트 상승기류, 바야흐로 참 좋은 계절이 돌아왔다.

모든 물건에는 존재의 의미가 있다

아파트의 분리 수거대에 가 보면 경비 아저씨들의 삶의 자세
와 성격이 보인다.

각을 맞추어 질서 정연하게 쌓아둔 공상자들, 휴지만 버리
는 포대 자루는 항시 홀홀 하게 손질되어 있고,

비닐류만 버리는 포대 자루도 버릴 수 있는 여분이 많이

있다. 경비초소에서 자주 들락거리며 손질한 탓이리라.

두 곳 중 한 곳을 선택하여 버릴 수 있지만, 유독 정리정돈
이 잘 되어 깨끗한 이곳을 나는 좋아한다.

경비 아저씨 얼굴도 모르면서.

어젯밤 식구들의 밥벌이를 위하여 이리 뛰고 저리 뛴 가장
들이 타고 내린 차가 세워져 있는

지하주차장은 이미 만차인데, 승용차들은 그 왕방울만 한
눈을 감고 서로의

어깨를 토닥이며 조용히 쉬고 있다.

저 휭 하니 버려진 담배꽁초도 마누라의 잔소리 생각나 피우자마자 후다닥 담뱃불을 급하게 꺼버리느라 제 키를 그대로 가지고 있고, 삼삼오오 모여서 불특정 다수에 대한 뒷담화를 하던 동네 아줌마 아저씨들을 받쳐주던 의자들도 이제나저제나 마실 나올 주민들을 기다리고 있다.

오소롱히 웃자라서 키들이 커버렸는데 손질 한번 없는 묵정밭의 잡초들은
　저 603호 할머니 집의 삼순이라는 애완견이 가끔 산책 나와 용변을 볼 때,
　성년이 되어 부끄럽다는 그녀의 궁둥이를 가려주는 역할을 하고, 아아!
　모든 사물에는 존재의 의미가 있다는 걸 깨닫게 되는 데도 꼬박 69년의 세월이 걸렸다.

황금색 예찬

경상북도 상주에 가면 집마다 감나무에 등불이 달려있다.
빨, 주, 노, 초, 파, 남, 보 중에서도

으뜸이 되는 황금색을 달고 있는 감들. 가을에 지천으로 피어 있는 한련화 군단,

일일이 아찔한 감색이다. 주황색과 한련화 색을 놓고 어느 색이 고우냐고 묻는 것은 '닭이 먼저냐, 달걀이 먼저냐?'를 논하는 것과 같은, 감색과 황금색의 자웅 겨루기가 아닐는지?

가난하고, 슬프고, 외롭고, 쓸쓸한 한 사나이가 추위에 떨며 헤매다 겨우 신산하고 습기 찬 방 하나를 구하고 자신의 어리석음을 한탄하다

가슴팍이 꽉 메어 올 적에, 누군가 짠하고 나타나 황급히 등불을 켜고 따뜻한

밥 한 그릇 고봉으로 차려 준다면 어지러운 그의 마음도 점차 가라앉고 부끄러운 마음도 잦아들고 내일을 향해 일어서리라는 희망으로 황금색 알전구에 환하게 불을 켜는, 장한 색깔!

떠날 사람

눈부시게 파아란 하늘에는, 분홍색으로 코팅한 구름이 머리털을 날리며 천천히 걸어온다. 그대는 토담집 지붕 아래서 시래깃국 건더기를 훑으면서 "이제 고생 끝, 행복 시작이니 나만 믿으라고." 했지요. 생살 토막 치게 아픈 외로움일랑 나랑 함께 나누어 가지자고 포부도 당당하게 말했지요. 하늘에다 종주먹으로 도장 찍고 공중으로 맹세했지요. 그런데 자칭 참사랑이라던 그 요물단지가 요즈음은 실실이 풀어지는 실타래 같고 낙숫물로 변해버린 고드름 같아요.

오늘도 머루알같이 새까만 이 밤을, 알밤 깨물듯 오도독오도독 씹어 삼키며 고독 씨를 달래자니 별소리 다 들리는구려. 잠깐, 타박타박 걸어오는 흉악범의 무거운 발소리가 들려오는 것 같은 이 예감, 그대! 진정 떠나려는 것은 아니겠지요!

그림자

몇 마장도 아니고 두어 걸음 치에서 조심조심 잘도 따라 오는 너. 못생긴 상처란 상처는 깊이 감추고, 시커멓게 박혀 있는 옹이까지 보듬고 너는 어디까지 나를 따라올 것이냐? 휘적휘적 매가리 없이 걷는 너. 걸음걸이를 보니 알겠다. 괜찮지 않은 거지? 그렇지? 그렇지? 언제나 묵묵부답. 그러나 여기까지 오는 길에 배신은 없었다.

그래서 그 없이 걷는 길은 무척 쓸쓸할 것 같다. 외로울 것 같다.

해바라기

　백치미의 극치인 호박꽃, 해바라기 꽃 중에서 해바라기꽃은, 영화 〈해바라기〉를 통하여 관능미 반열에 올라서게 되었네요. 〈쿼바디스〉, 〈엘시드〉, 〈두 여인〉 등을 히트시킨 이탈리아의 여배우 소피아 로렌(Sophia Loren)을 통해서이지요. 해를 바라보며 자란다는 식물의 대명사가 전쟁의 포화를 뚫고 사랑을 찾아가서, 생리혈을 쏟고 있는 하늘 아래서 그리움을 토로하는 압권의 연기는 무채색의 해바라기 꽃이 요염하고 농염한 여성의 꽃으로 탄생하는 계기가 되었답니다.

문우 S 씨에게

요즈음 딸이 출산하여 그대에게 안겨준 손주가 발산하는 고놈의 치명적인 매력에 빠져 시간 가는 줄 모르지요? 나도 그랬어요. 갓난 외손주에게 BCG(Bacille de Calmette-Guerin vaccine) 예방 접종을 시키러 병원에 갔는데 간호사가 "누구 할머니."라고 불러 충격을 받았어요. 그 날 이후로 참 쉽게 할머니가 되었네요. 그 아이를 업고 아파트 공터를 돌아다니다 심심하면 고사리순 같은 손가락으로 남의 집 초인종을 누르게 하고 '딩동' 소리가 나면 도망가는 놀이를 나와 작당을 하여 즐겼지요. 그 아이가 벌써 중학교 2학년이 되었네요. 세월 참 빠르더라고요.

나에게 보낸 서신에서 "삶의 귀감이 된다."고 했지요. 말수는 적고 웃음은 흔한 그대가 그런 단말을 할 줄 안다는 데 좀 놀랐습니다. 나보다 한참 젊었는데도 일에 관해서는 철두철미하고 연장자에겐 깍듯이 예우하는 모습에서 나도 많이 배워요.

항상 좋은 글을 생각하며 사는 우리들 처지이고 보니 좋은 삶이 좋은 글로 이어지겠거니 하는 데 동의하지요? 외롭고 쓸쓸한 길에 그대 같은 문우가 함께한다는 것은 인생의 진정한 축복이랍니다.

살아서 기쁘고, 문학이 있어서 감사하고 목련화 이미지 같은 그대가 있어서 오늘도 행복합니다. 내 앉은 자리가 꽃자리라는 주문을 외우니 더욱 마음이 보드라워져요. 그럼 다시 만날 때까지, 이만 총총!

아침밥

아침에는 밥을 먹어야 한다지만 그게 그렇게 쉬운 일만은 아니다. 쑥떡, 호떡, 빵, 시리얼, 쫄면, 라면, 수제비, 칼국수, 떡, 만두까지. 밥 말고 별의별 것들을 아침 대용으로 먹어 봤지만 마뜩잖다. 탄수화물은 열량이 높아 뚱뚱한 사람에게는 별로 좋지 않다지만 당 성분이 포함된 탄수화물을 등한시할 때는 기분이 우울해지고 약간의 공격성이 생긴다고 한다.

수천 년 동안 이어져 온 우리 아침밥 식생활의 기본을 비빔밥으로 지키는 것은 어떨까?

① 무청(시래기)을 푹 삶아 나물을 만든다.
② 밥에 달걀부침, 참기름, 고추장과 시래기나물을 잘 비빈 후에 한 끼 분량을 담아 냉동실에 저장한다.
③ 하루에 한 봉지씩 꺼내 전자레인지에 데우고 연한 커피 한 잔과 함께 아침 식사를 한다.

이상은 내가 고안 창조하여 실행하고 있는데, 시래기는 영양과 식감이 좋고, 질감이 단단하여 냉동, 해동을 거쳐도 원형이 손상되지 않고 변비에 탁월하다.

　그리움도 이처럼 냉동되었다가 간단히 해동이 되어, 아쉬움을 풀 수 있다면 얼마나 좋을까 하고 생각한다.

나만의 패션

가을이 되니 반팔 티셔츠 차림은 좀 썰렁해 보인다. 패션 선두 주자는 남들보다 한발 앞서가야 한다는데, 나라고 가만히 있을 수 없어 나만의 패션을 즐기기로 하였다. 버리는 옷감 중에 색깔이 고운 티셔츠가 있으면 팔을 싹둑 잘라 끝부분에 바느질하고 고무줄을 넣으면 토시가 된다. 반팔 차림에 색이 화사한 토시를 날씨가 서늘하면 붙이고, 더우면 떼어내면 된다. 잠바보다 토시 밀착감이 좋고 한결 가뿐해서 좋다

요즈음은 남자도 치마를 입는 패션이 유행할 조짐이라는데, 돈 들이지 않고 화려한

두 팔에 생기를 불어넣고 거리를 활보해 보심이 어떠할지.

밀라노 패션?

프랑스 패션?

그것도 들인 돈에 비하면 별거 아니다. 무에서 유를 창조하는 나만의 패션을 연구하여, 비용도 줄이고 멋도 창출하여 고물가 시대를 슬기롭게 넘어갈 일이다.

51점짜리 엄마

심심하니까 엄마와 자식에게 점수를 매겨보는 재미난 놀이를 하게 된다. 그렇다면 나의 자식들과 나는 과연 몇 점짜리 엄마와 자식들일까?

큰아들은 중소기업 부장, 둘째 딸은 서울 소재 초등학교 교사, 막내아들은 유수 기업의 판매팀장.

다들 알아서 결혼도 하고, 개인과 사회를 위하여 열심히 살아가니, 모두 다 80점 이상은 될 듯하다. 엄마는 그들이 30세 가까이 될 때까지 전업주부로서 곁에 있어 주었고, 직장에서 퇴근한다는 전화를 받은 직후부터 시간 간격을 두고 생선을 굽고 뚝배기에 된장도 끓인다. 따뜻하게 먹이기 위해.

아들이 군대에 가 있을 땐 자주 편지를 해 주었고, 실연을 당하여 앓아누웠을 때는 지극 정성으로 간호도 해 주었다.

결혼할 상대를 데리고 인사 왔을 때는 맘에 들지 않아도, 내색하지 않았다.

이런저런 일들이 많았지만, 항상 중간 입장을 견지하려 노력하였으므로, 자식들이 나에게 49점을 주면 좀 서운할 것 같고, 51점이면 만족한다. 부담 없고 편안한 51점을 받고 싶다. 굳이 점수를 매겨야 한다면….

네 모녀 이야기

친정어머니가 80세 때 팔순 잔치를 하였다. 정갈한 음식 솜씨로 유명한 언니 집에서

한 상을 턱 하니 차려 내고, 우리가 준비한 봉투를 드리니 어머니는 참 좋아하셨다. 어머니, 언니, 나, 여동생 이렇게 넷이서 밤에 노래방에 갔다. 일본말이 능통한 어머니가 구성진 엔카를 열창하고, 팝송을 잘 부르는 언니는 팝송 메들리, 춤에 일가견이 있는 여동생은 귀여운 댄스로 분위기를 띄웠다.

1시간을 놀고 나서도 성에 안 차 30분, 다시 30분, 도합 2시간을 방방 뛰면서 놀았는데, 나올 때

계산대에 앉아있던 여주인이 "노래방 장사 15년에 이렇게 잘 노는 모녀들은 본 적이 없어요. 정말 부러워요!"라고 하였다.

여자로서, 딸로서, 아내로서, 엄마로서 맺힌 것들이 많아서일까? 예의를 차리면서 점잖게, 품위 있게 살아보려 노력은 했지만, 그게 그렇게 잘 되진 않았겠지.

일탈을 위한 놀이 문화도 가끔은 필요한 듯하고, 그 날 신나게 논 일은 잘했다 싶다. 지금은 추억의 한 부분으로 자리매김하고 있다.

작가 L 씨

언론인으로서, 작가로서 풍성한 작품세계, 명예와 부를 적절하게 누리다 간 그를 생각한다.

개인적으로는 나에게 종고모부가 되지만, 중립 입장에서 그를 추억한다.

필화 사건으로 감옥에 있으면서 구상하여, 축소하여 발표한 소설 『알렉산드리아』.

그러나 그보다도 내가 여중생 때 읽은 장편 『내일 없는 그날』을 잊을 수가 없다. 삼랑진에서 마산으로 통학하며 기차에서 읽은 그 작품은, 거부할 수 없는 매력으로, 그 책에 빠져들게 했다. 아마도 소녀 시절에 읽은 그 책의 재미가 마성으로 작용해, 나를 문단의 말석으로 인도하지 않았을까.

그분이 작고하기 전, 백발의 머리로 TV에 출연하여 진한 남도 사투리를 쓰면서

'오가피 주(酒)'를 선전하는데, 순진무구한 그 모습에 나도 모르게 웃음이 나왔다.

그러나 칼칼하게 손질된 한복 맵시와 부드러운 그의 미소는 빛이 났다.

이제는 그분의 문학관도 세워지고 그에 대한 재평가가 이루어지고 있지만, 내가 체험한 그의 인간미와 작품들은 참 좋았고 작가로서 그만한 지복(至福)을 누리고 간 사람도 흔하지 않아, 한 집안의 곁가지로서 또는 후배로서 자부심이 훈훈하게 느껴진다.

새벽을 위한 변주곡

음전한 3월 새벽과 사귀다 보니 의외로 까탈스러운 그 모습이 내심 당혹스럽다. 떼거리로 몰려와서 난동을 피워 대는 소말리아 해적 떼처럼 강도 캡인 삼지창을 휘두르며 내닫는 바람의 광폭함 앞에 일찌감치 항복하련다. 우듬지 끝에 자리 잡고 이제나저제나 개화 시기를 조율하던 홍매화 자매들. 앙다문 입술 안에 꽃술 떨리는 것 좀 봐. 파르르~ 파르르~ 저러다 간질하겠네. 보소, 보소. 바람님. 그만 좀 하소. 지렁이도 밟혀가며 흙을 메여 살리는데 3월 새벽이, 동남풍과 의논하며 키운 아이인 산수유, 매화, 기타 등등의 꽃 무리가 불끈불끈 힘쓰는 소리가 참 이쁘고 대견하요잉.

작은 거인

우연히 〈복면가왕〉이란 TV 프로그램을 보게 되었다. 아담한 체구의 가수 김연우. 풍부한 성량과 부드러운 음색, 가슴을 요동치게 하는 노래 실력으로 그를 보는 내내 행복하였다.

포병장교 출신 프랑스 황제 나폴레옹(Napoléon I), 영화 〈파피용〉과 〈졸업〉의 더스틴 호프만(Dustin Lee Hoffman), 우리나라의 경제 대통령 박정희. 그들 모두 단신(短身) 아니던가. 그러나 그들의 삶의 궤적이 이룬 무게감은 키를 압도하고도 남음이 있다. 우리 모두 태어난 것이 우리들의 의지와는 상관없이 운명에 의하여 결정되었듯이, 그들의 작은 키도 운명이다.

여자로서 키가 164㎝라고 은근히 키 작은 사람들을 무시하고 살아온 내가 부끄러웠다.

그 나이까지 살아오면서 축낸 밥이 몇 그릇인데, 밥값이나 하고 살았냐고 통렬히 반성한다.

달과 여인(女人)

　사파이어에 실수로 검정 물감을 한 방울 똑 떨군 듯한 하늘 위로 인심 좋은 달이,

　제 몸을 조각조각 뜯어내어 쫙 하니 뿌렸나 보다. 똘망똘망 영글어진 별빛으로

　눈을 맞추네. 여인의 살비듬 찢어내어 발기발기 살을 발라 먹인 사람의 아이들아. 너희들 걱정 한 번에 엄마의 심장은 오그라들고, 너희들 호방한 웃음 한 자락에 환심장이 기뻐하며 너울너울 춤을 추도다.

　십오야 밝은 달도 둥실 두둥실.

절대 고독을 위한 변

그는 왕정복고를 꿈꾸는 성질 더러운 집안의 군주이다. 그에게는 '얼음 땡' 놀이를

좋아하는 공주가 있고, 돈키호테보다 더 호방한 성격의 왕자도 있다. 그에게는 신사임당처럼 현숙한 모습을 보이다가도, 악처 크산티페(Xanthippe)보다 더 고약하고 지랄 맞은 성질을

부리는 아내도 있다.

모든 조건이 이러하니, 참을 수 없었던 그가 성능 좋은 방향키를 장착하고, 무작정 어두움의 내부로 진군한다. 때맞춰 의 동생인 적막(寂寞)이라는 놈도 맞아준다.

행님! 행님! 하고 아부 떨면서.

에필로그 -

비가 그친 하늘은 청아하게 맑다.

두근두근 빛나는 별 무리를 향해 코 푼 휴지를 휑하니 날려 버리고 싶다. 설명할 수 없는 자유로움 속에서 느껴지는 희열이라니….

아마 무당의 겪는 신내림의 경지도 이러하리라.

시를 쓰는 내내 가슴은 마구 뛰는데, 아래위를 번갈아 가며 입술에는 물집이 잡혔다.

퉁방울 같았다. 그러나 꿈보다 해몽이라고 생각하기로 했다. 16년 동안 너무나 시가 고파 그만 입술에 낙인이 찍혔다고.